O peregrino Joshua

crônicas – volume 1

Rafael Lovato

O peregrino Joshua

crônicas – volume 1

1ª edição
Campo Grande, Brasil
2014
Editora Zap Book

Dados Internacionais de Catalogação na Publicação (CIP)
Catalogação na publicação: Shill Pettian – CRB-8/6707

Lovato, Rafael

O peregrino Joshua: crônicas, v. 1 / Rafael Lovato. Campo Grande, MS: Zap Book, 2014.

80p.

ISBN 978-85-67848-06-8

1. Crônicas. I. Lovato, Rafael. II. Título

CDD: 869.935

Autor: Rafael Lovato

Título: O peregrino Joshua – volume 1

Categoria: Ficção brasileira, crônicas, filosofia, autodesenvolvimento, espiritualidade.

Editor: Roberto Pelegrino

Coeditor: Pedro Henrique Galvão

Capa e diagramação: Richard Veiga

Revisão: Mário Feijó

1ª Edição – 2014

Editora Zap Book
Rua Spipe Calarge. 221 – Campo Grande – MS
Fone: (067) 3027 2502
Site: www.zapbook.com.br
Email: contato@zapbook.com.br

Para meus pais, Rosa e Ivanor, e para minha avó, Odila.
Para meu amigo e anjo da guarda literário, James Mcsill.
E para minha querida Melissa.

Sumário

"Vossos filhos não são vossos filhos.
São os filhos e as filhas da ânsia da vida por si mesma.
Vêm através de vós, mas não de vós.
E embora vivam convosco, não vos pertencem."

Excerto de 'O Profeta', de Khalil Gibran.

O barqueiro Caronte

Legados

Caronte sempre chegou ao mundo, dos homens, navegando, em turbulentas marés, em seu barco.

Conhecia cada uma das pessoas que buscava, das quais acompanhava todos os minutos vividos, desde o momento de abrirem os olhos ao de fechá-los. Em virtude disso, durante os muitos séculos navegando naquelas águas, de remada em remada uma reflexão recorrente povoou seu intelecto: que, em muitos casos, seus tripulantes mereciam permanecer um pouco mais no mundo dos homens. E não que pensasse em justiça ou injustiça, mas sim que esse era o seu sentimento. Porém, para si mesmo, reafirmava não caber a ele decidir a hora de alguém deixar aquele mundo, pois não controlava quem subia ou descia de seu barco. Somente se encontrava presente quando chegava o momento, pronto para proceder à travessia dos rios Styx e Acheron ao preço de uma moeda de ouro, apontando o novo caminho a seguirem.

Assim funcionou desde os primórdios da criação, daquele mundo, e era por isso que as pessoas que soubessem quem era Caronte, definitivamente, se perguntariam por que gastava seu tempo escrevendo histórias, pois deveria se ocupar cuidando de seus afazeres mundo afora. Ainda poderiam completar que esses afazeres eram muito mais importantes do que contar histórias, e quem pensasse assim, não deixaria de estar um pouco correto. No entanto, algo diferente do corriqueiro aconteceu num dos dias em que a maré trouxe seu barco, e no atracador encontrava-se Joshua, com uma moeda nas mãos.

Enquanto remava se aproximando do atracadouro, a vida daquele homem, de meia idade, cruzou os pensamentos de Caronte. Sem qualquer dúvida, viu que sua família o amara desde que nascera, e que ele sempre praticara o bem. Ainda jovem, perdera os pais, com quem muito aprendeu e de quem, em toda sua vida, sentira muita falta, sendo seu maior desejo perpetuar o legado de conhecimento, bondade e altruísmo deles.

Percebeu que, no íntimo de seu ser, Joshua era solitário, e mesmo assim, desde jovem, se preocupara mais com os outros do que consigo mesmo, disseminando o bem por onde passara. Viu, também, que com o correr dos anos ele encontrara uma mulher de quem se enamorara profundamente, sua alma gêmea. Logo após se conhecerem, ambos iniciaram alegre vida juntos, projetando um futuro onde Joshua vislumbrava ensinar e amar seus filhos, para quem passaria o legado de seus pais. A cada dia vivido, amava ainda mais sua alma gêmea, e uma felicidade sem fim preenchera seu coração e espírito, pois possuía uma família novamente, o que se completou com o nascimento de seus dois filhos. Então, sem aviso e tragicamente, um acidente ceifou a vida de sua esposa e filhos, e Joshua se encontrara novamente sozinho, desesperado, perdendo a vontade de viver.

Com essas visões em mente, Caronte atracou em silêncio o seu barco nas margens do rio Acheron. Enquanto as pessoas que acompanhavam Joshua se dirigiam ao atracadouro, entregavam uma moeda e subiam a bordo, aqueles recorrentes pensamentos, de que alguns mereciam permanecer um pouco mais no mundo, retornaram à mente de Caronte. Súbito, ocorreu-lhe uma ideia, e vislumbrou a oportunidade para demonstrar ao mundo que, também, poderia conduzir seus tripulantes por águas calmas e cristalinas.

Quando Joshua se aproximou, estendendo a mão com a moeda de ouro, ao invés de aceitar, calado, o pagamento, como sempre fizera, Caronte conversou com Joshua. Expôs que compreendia a imensa dor que sentia, mas que ela abrandar-se – ia com o passar do tempo.

Joshua respondeu que era difícil levantar a cabeça e olhar esperançoso para o horizonte, após tudo pelo que passara em sua vida, ainda mais agora que os ensinamentos de seus pais se encontravam perdidos. Caronte argumentou-lhe que ainda era jovem, podendo voltar ao mundo dos homens para disseminar os ensinamentos de seus pais, deixando um legado abrangente e conquistando filhos de seu saber, dentre muitas coisas mais. Ambos conversaram por muito tempo e, então, Joshua perguntou como seria possível sair das margens dos rios das marés da vida, se concordasse em voltar ao mundo dos homens, pois era algo que jamais lhe acontecera. Caronte esclareceu que não haveria volta uma vez que pisasse no barco, mas Joshua ainda se encontrava no atracadouro e, assim, Caronte podia permitir que regressasse.

Por fim, Joshua inquiriu qual o motivo daquela concessão e tamanha benevolência. Caronte respondeu que também pretendia legar algo ao mundo dos homens, mostrando, através dos ensinamentos de Joshua, que as águas onde as pessoas navegavam, após deixarem aquele mundo, não dependiam do barqueiro e, sim, do modo como viveram suas vidas. E por esse motivo, os justos, caridosos, bons, não deveriam temer a chegada de seu barco.

As reflexões de Caronte preencheram, novamente, o coração de Joshua com esperança e amor, oportunizando-lhe vislumbrar que ainda possuía muito a oferecer à humanidade. Em virtude disso, Joshua agradeceu e aceitou a oferta do barqueiro, guardando a moeda de ouro no bolso e descendo do atracadouro.

As marés novamente carregaram o barco, e Caronte se distanciou em silêncio, enquanto Joshua regressou ao mundo dos homens para peregrinar e passar seus ensinamentos, até o dia em que o barqueiro voltasse para lhe buscar.

Décadas se passaram desde aquela conversa no atracadouro, quando, das margens dos rios das marés da vida, André Luís retornou ao mundo dos homens, portando as primeiras Crônicas de Joshua, escritas por Caronte.

As primeiras crônicas

O NATAL E SEU ESPÍRITO

Mais um final de ano chegava, e o peregrino Joshua imediatamente percebia a mudança na atmosfera que envolvia as localidades por onde passava. Gostava da alegria e tranquilidade dessa época, com todos ocupados enfeitando casas, organizando a ceia de Natal, escolhendo presentes... Sentia pulsar a sua volta a esperança na vitória do bem e da harmonia entre os homens, o que enchia de satisfação seu coração e espírito. Não se cansava de admirar a beleza colorida das luzes que enfeitavam árvores, as bandeirolas tremulando ao vento, crianças sorrindo com a ideia de ganhar presentes, e adultos se permitindo rápida volta aos dias de adolescência.

Com essas reflexões em mente, aproveitava a difusa luz da tardinha, sentado num dos bancos da praça do vilarejo de Vale Trigueiro, quando um velho homem sentou-se ao seu lado. Joshua nada falou, pois se encontrava absorto em seus pensamentos, hipnotizado pelas luzes e movimento do vilarejo.

Sem demora, o velho homem, gesticulando e apontando sua bengala para um grupo de pessoas, quebrou o silêncio:

— Que grande besteira essa história de Natal! Presentinhos, reunir família, cantar... Comemorar o quê? – e pigarreou. – Sequer sabem o que a data significa! Os problemas acabaram? Claro que não! Então, por que a alegria? Que grande bobagem, o senhor não acha? – e pigarreou novamente, batendo a bengala no chão.

Joshua firmou os olhos nos do velho homem e disse:

— Talvez, meu bom amigo. É possível que muitas pessoas não saibam se nessa data Jesus Cristo nasceu, ou se nela Ele morreu ou ressuscitou. Muitos nem mesmo pensam sobre o assunto... Outros tantos, sequer são religiosos. Mas, o mais importante é realmente isso?

— Claro! E esse é o problema! Natal é uma comemoração religiosa. Nessa data tão importante, não louvar o Salvador é heresia! Melhor não festejar – e novamente bateu a bengala no chão, como que colocando ponto final na sentença.

Joshua se recostou no banco, abrindo os braços:

— Gosto de pensar que o mais importante é festejar a alegria; confraternizar, formar amizades, independente do motivo. Na visita do Messias ao nosso mundo, Ele buscou, dentre muitas coisas mais, entregar a paz, semear entendimento, ensinar a solidariedade, distribuir o amor.

O velho homem balbuciou:

— Amém.

— E o amigo concordará que, o que Ele realmente queria, era que os homens disseminassem Seus ensinamentos, neles encontrando esteio para vencerem as lidas do dia a dia, e suportassem as provações...

O velho homem aquiesceu com um aceno de cabeça:

— É o Salvador! Isso mesmo.

Joshua silenciou por alguns momentos e, colocando sua mão sobre o ombro do velho homem, prosseguiu:

— Entre nós, homens livres e de bons costumes, Seu espírito permanece. Natal é, somente, pequena desculpa que muitas pessoas precisam para baixar as defesas, para que aceitem seus amores, demonstrem carinho. É o momento em que se permitem aflorar sentimentos de irmandade, amor, compaixão...

O velho homem grunhiu, concordando com leve movimento de cabeça:

— Hum.

— Quando presenteamos alguém, lembramos Cristo, Buda, Maomé, pois eles nos ensinaram a amar ao próximo. E esses gestos são sementes de um amanhã melhor, perpetuando o espírito dos Messias, daquilo que, para todos nós, eles realmente significam. Não importa o porquê de sorrirmos ou o motivo de amarmos: para colorir nosso dia, basta sentirmos o bem e a alegria.

O velho homem, sorrindo, olhou firme nos olhos de Joshua, que concluiu:

— Meu amigo, para a caridade surtir seu efeito, é suficiente agirmos de boa vontade, independente do motivo. Para mim, assim, também, é o natal: o mais importante é o que ensina e entrega aos homens, e, principalmente, o bem e a felicidade que perpetua.

Saudades

Há dias o peregrino Joshua deixara para trás o vilarejo de Vale Trigueiro, e, naquela tarde especialmente quente, caminhava em poeirenta estrada. Enquanto observava a paisagem banhada pelo sol, com os campos dourados refletindo sua brilhante luminosidade, ocorreu-lhe que o calor parecia desacelerar o mundo. Sim, pois sentia como se caminhasse em câmera lenta, sendo que o próprio tempo parecia se arrastar.

Ao longe, avistou uma propriedade à beira da estrada, na qual, sentada na grama do jardim, abraçada aos joelhos e cabisbaixa, uma moça pranteava, desesperada. Diante daquela cena, Joshua ponderou, para si, que caminhava desde o amanhecer, e que aquele era um momento tão bom quanto qualquer outro para descansar.

Aproximou-se tão rápido quanto o calor permitiu, e sentou no gramado, respeitando certa distância da moça. Permaneceu em silêncio, bebericando água de seu cantil, e levou alguns momentos para a moça perceber Joshua, até que ela falou, ainda soluçando:

— Como é difícil lidar com a saudade, não é mesmo?

Joshua fechou seu cantil e olhou para a moça, firmando seus olhos nos dela, e aquiescendo com aceno de cabeça:

— De tempos em tempos, ela é atroz.

— Quero esquecer tudo... Esquecer! O melhor seria morrer!

A frase daquela triste moça remeteu Joshua a memórias de sua esposa e filhos, há muito perdidos, e sentiu lágrimas umedecerem seus olhos:

— Desistir é uma opção tentadora, não é mesmo? Mas, minha querida, não ceda. Quando jovens, o amor nos parece eterno, e, assim, a saudade, a dor, a perda. A tudo classificamos no superlativo: o amor da nossa vida, a insuportável dor, o melhor amigo, o presente perfeito. No entanto, se nem mesmo o sol e as estrelas são eternos, como o seriam as coisas terrenas?

A moça olhou para o céu e enxugou lágrimas, e Joshua prosseguiu:

— Minha querida moça, absolutamente tudo o que experimentamos em nossas vidas tem um fim, inclusive a vida em si. Por isso, uma verdade lhe digo: sobre esse sentimento de angustiante perda, sei que, para abrandá-lo, o melhor a fazermos é aproveitá-lo.

A moça encarou Joshua:

— Como assim? O senhor enlouqueceu? Aproveitar a saudade?

Joshua manteve firme contato ocular:

— Exatamente. Devemos, ao contrário de lutarmos contra ela, aproveitarmos as boas memórias que traz consigo. Sentir muita falta de algo, significa que foi bom, e isso é motivo de alegria. Liberte-se do passado, sorrindo para a saudade! Não espere que hoje reapareçam as águas que ontem dançaram no riacho. Volte à beira do rio, mas aproveite as novas águas. Viver é isso, pois, nessa nossa passagem pelo mundo, de alguma coisa, alguém ou mesmo um tempo passado, todos somos saudosos. E saiba que, de alguma maneira, as águas que ontem lhe banharam, também sentem saudades de você.

A moça esboçou leve sorriso, suspirando, e Joshua continuou:

— Quando saudosas lembranças assaltam meus pensamentos, relembro-as como boas e alegres, e me sinto muito bem. Porém, sei o quão difícil é nos desvencilharmos do querer, da vontade de ter novamente, quando a perda ainda é recente. E, é principalmente nesses momentos, que reforço que tudo é passageiro, e que outros ventos soprarão, em sua garupa trazendo novos ares e motivos para termos alegres saudades...

A moça permanecia abraçada aos joelhos e, com a cabeça escorada nos braços, olhava, sorrindo, para Joshua, cujo espírito também sorria. Humano que era, não raramente a saudade teimava em bater à sua porta, e concluiu:

— Minha querida: sinta saudades, mas não se martirize, desespere ou flagele, pois lembrar daquilo que partiu, e sorrir pelo bem que lhe proporcionou, é demonstrar ao mundo que valeu a pena ser vivenciado.

Carência de atenção e animosidade

Naquele dia, o peregrino Joshua iniciara sua caminhada enquanto a escuridão ainda a tudo abraçava. Andando pela estrada poeirenta, com a chegada dos primeiros raios do sol, viu gotículas de orvalho pendendo das folhas de árvores; pequenos animais despertando para mais um dia ouviu, ao longe, um galo cacarejar e seu espírito se encheu de vida.

Quando chegou ao vilarejo de Campos Dourados, já raiava o dia, e refletiu que jamais cansaria de olhar o nascer do sol que, a cada manhã, fascinava-o ainda mais, trazendo-lhe forças para prosseguir em sua caminhada. A infalibilidade do aparecimento da luz e calor emprestava-lhe calma e conforto à alma, e conjecturou que, também, assim era a perpetuidade cíclica do renascer dos homens: permaneciam no mundo, renovando-se a cada alvorecer.

Passando perto de uma casa, com a janela aberta, o cheiro de café lhe inundou as narinas, e seu estômago roncou, lembrando-o de que ainda não se alimentara naquela manhã. Experimentando certa urgência orgânica na necessidade por algum alimento, procurou pela padaria do pequeno vilarejo encontrando-a sem dificuldades.

Adentrou-a, sem cerimônia, e se sentou em um dos banquinhos no balcão. Acomodado, esperando para ser atendido, Joshua pensava no mundo, no orvalho e no renascer cíclico dos homens, quando, súbito, o atendente da padaria ponderou, enquanto servia uma xícara de café com leite:

— O senhor é um peregrino, certo?

Joshua aquiesceu com aceno de cabeça, olhando para o atendente, que prosseguiu:

— Ok. Não sei se o senhor pode me ajudar. Mal dormi esta noite, só pensando... E ainda assim não consegui compreender: por que as pessoas agem de certas maneiras?! Será que são mal-amadas? Acho que se esforçam para entregar desgraça à vida alheia – e o homem meneava a cabeça, fazendo careta, e deu de ombros, enquanto o café fumegava na xícara sobre o balcão, entre os dois.

Joshua olhou nos olhos do atendente:

— Meu bom amigo, acalme-se. Mal começou o dia, e seu cérebro já lhe atormenta?

— E há como não pensar? Mas darei o troco...

Joshua bebeu um gole de seu café enquanto olhava para o homem, que se encontrava de braços cruzados. Comentou, depositando novamente a xícara no balcão:

— Eu muito pouco sei sobre esse mundo, mas uma verdade lhe digo: em minhas andanças por esses rincões, presenciei, sim, ignomínias e injustiças gratuitamente patrocinadas. Testemunhei desmerecidas ofensas e infundadas perseguições. Eu mesmo, quando jovem, fui alvo de tentativas de ruína – e Joshua pausou por um momento. – Por minhas veias, quanta raiva circulou! Perdi noites de sono com mirabolantes planos de desforra e vingança. Dias e mais dias, remoí indignação, perdendo minha alegria e tranquilidade, exatamente como o amigo narrou.

Ouvindo aquelas ponderações, o homem bufava e meneava a cabeça, claramente concordando com Joshua, que prosseguiu:

— Porém, um dia percebi que, verdadeiramente, era isso o que eles queriam: minha paz roubar. Era eu mesmo, no final da história, o principal prejudicado com minha irritação! – e Joshua bateu de leve com a mão no balcão, e viu que o homem sequer piscava, certamente aguardando pela conclusão da história. – Quando me dei conta disso, passei a ignorar atitudes gratuitas de animosidade, e releguei-as à desimportância: mero e incômodo zumbidinho, sem qualquer potencial lesivo...

O homem permanecia de braços cruzados:

— Fácil falar... Por mim, matava tudo!

— Meu amigo, tranquilize-se! Sabia que, quando parei de repelir meus agressores, aproximando-me deles, descobri muitas coisas interessantes? Não há qualquer dúvida de que alguns eram, realmente, mal-amados. Outros, hipócritas, e, a grande maioria, infelizes. No entanto, absolutamente todos, sem exceção, eram, simplesmente, carentes – ao dizer isso, Joshua percebeu que a expressão do rosto do homem, em sua frente, mudou, agora, parecendo intrigado. – Então, ao invés de reagir e agredir, minha mão estendi. E, uma boa pessoa, não raramente, acabei ali descobrindo.

O homem cerrou os olhos:

— Até parece...

Joshua depositou a mão sobre o balcão:

— Meu amigo, muitas vezes, a pessoa que nos agride somente busca atenção. Desarme-se! Tente compreender o agressor, e, talvez, perceberá que ele, também, por você se sentia agredido. Sei que, nesse mundo, existem pessoas más, e que entendem como afronta o perdão e a benevolência. Mesmo que isso ocorra, releve e não desista, pois, estarmos tranquilos e dormirmos bem, não possui preço.

Após dizer essas palavras, Joshua tomou seu café e se levantou, pegando dinheiro em seu alforje, quando o homem perguntou, ainda de braços cruzados:

— E como é possível dormir bem, com tanto terror e maldade a nossa volta?

Em pé, Joshua sinalizou para que o homem chegasse um pouco mais perto:

— Meu amigo, tente encontrar a sua própria paz, mesmo nas pessoas que o machucam. Faça a sua parte, pois, no momento em que encontrar a si mesmo, não mais perderá um minuto de sono – e estendeu o dinheiro para pagar o café ao homem, que descruzou os braços e recusou, sorrindo:

— Esse é por conta da casa, meu amigo.

Nomes e significados

O peregrino Joshua ainda se encontrava no vilarejo de Campos Dourados, e acordara cedo naquela manhã de verão. Após o desjejum na pensão, caminhou até a praça, onde sentou em um dos bancos, para observar a vida matutina revolucionando e, para renovar suas forças, para então prosseguir sua caminhada. Sem demora, o abafado e denso calor lhe entregou a certeza de que o verão se instalava com ânimo de permanecer, e notou que, já no começo do dia, a furiosa luz do sol oportunizava a disputa pelas sombras das árvores.

Refletiu que gostava dos dias mais longos, da leveza das vestes da estação, e que era uma excelente época do ano, longe do frio do inverno que, a cada ano, parecia mais intenso.

Avistou nuvens no horizonte e, voltando sua atenção ao vilarejo, viu crianças com merendeiras nas mãos e sandálias nos pés, com passo apressado indo à escola. Perto de si, um cachorro arfava, estirado no chão com a língua de fora, no mesmo momento em que um jovem atravessava a praça, com as mãos nos bolsos das calças, chutando pedrinhas no chão e resmungando algo para si mesmo.

Joshua chamou a atenção do jovem:

— Bom dia, garoto. O que houve, que lhe incomoda? Gostaria de conversar um pouco?

O garoto se assustou e parou, encarando Joshua e, com voz baixa, retrucou, meneando a cabeça:

— Nada... – e desviou os olhos para o chão. – Odeio meu nome, só isso. Simplesmente odeio. Por que não posso me chamar Paulo ou José? Meus colegas de aula vivem fazendo piadinhas. Não aguento mais! É chegar ao colégio, e começam...

Joshua se levantou do banco:

— Entendo... Você sabia que muitas pessoas que conheci, em meus longos anos de peregrinação por esse mundo, não gostavam de seus nomes?

O garoto deu de ombros, dizendo:

— Novidade...

— Eu mesmo, quando criança, pensei em trocar o meu: queria me chamar Astolfo! – quando Joshua pronunciou aquele nome, o garoto imediatamente olhou-o nos olhos e fez uma careta esquisita, e Joshua não conseguiu concluir se de espanto, nojo ou horror. – Pura verdade. Eu não gostava do meu nome: Joshua. Parecia de menina – e o garoto concordou acenando a cabeça, e esboçando um sorriso. -- Mas, certo dia, andando por uma praça exatamente como essa, descobri algo interessante.

O garoto arregalou olhos:

— O quê?

Para responder, Joshua pegou um graveto e escreveu na areia do chão da praça:

*J**usto e disposto a encarar o mundo.*
***O**rgulhoso de ser homem que busca o crescimento de seu espírito.*
***S**ábio o suficiente para ver suas limitações intrínsecas.*
***H**umano, falível, imperfeito.*
***U**m semeador de pensamentos e entendimentos.*
***A**mante da vida, do mundo, dos homens.*

Joshua levantou os olhos e viu que o garoto lia, compenetrado, e concluiu:

— Meu amigo, sequer escute o que outras pessoas dizem sobre o seu nome. É você quem constrói e empresta o seu verdadeiro significado. Certa vez, um rapaz não gostava de seu nome. Achava-o bobo. Porém, um dia, descobriu o que ele significava – e Joshua novamente escreveu na areia:

***S**implicidade.*
***H**umildade.*
***I**ntolerância: devemos evitá-la.*
***D**oar-se ao próximo.*
***A**mizade: devemos cultivá-la.*
***R**elevar.*
***T**olerar.*
***A**mar, incondicionalmente.*

E Joshua se aproximou do garoto, colocando a mão em seu ombro:

— Esse rapaz, posteriormente, ficou conhecido como Buda. E é por isso que minha verdade lhe digo: o mais importante não é como lhe chamam, mas, sim, o que, para você mesmo, o seu nome significa.

O sábio e o tempo

Mais um ano passara em sua vida, pensou o peregrino Joshua, sentando na varanda da pensão, no vilarejo de Campos Dourados, tomando chá gelado, relembrou uma conversa que teve com um amigo, quando ainda era muito jovem.

Nela, o amigo comentara: 'Poxa, já é sexta. Mal era domingo, e já passou a semana novamente. Meus dias voam! Não possuo tempo para fazer metade das coisas que gostaria'. Joshua lembrava claramente o que respondera acerca daquela ponderação, e o fizera sem refletir: 'Pois meus dias são intermináveis. Possuo tempo de sobra'. Naquela época, jovem que era, parecera-lhe uma excelente resposta. Agora, velho, já não mais possuía tanta certeza.

Naquele momento, advindo do interior da pensão, um garoto perguntou, trazendo Joshua de volta ao tempo presente:

— O senhor tá triste? Ora, alegria, é seu aniversário!

Joshua olhou para o garoto:

— Meu jovem amigo não estou triste. Pensativo, somente.

Sentando no chão, defronte à cadeira em que Joshua se encontrava, o garoto inquiriu:

— E o que o senhor tá pensando?

— Que já abordei minha existência neste mundo de maneira equivocada, tomando decisões erradas e precipitadas. E, após todos esses anos, concluí que nosso tempo sempre deve ser a medida de nós mesmos.

O garoto coçou a cabeça:

— Hum... Como assim?

Joshua bateu, de leve, ambas as mãos sobre os joelhos:

— Que, se nos ocuparmos com aquilo que não nos pertence, nossa vida se transforma em uma quase eternidade. De outra feita, se fizermos o que realmente queremos e devemos, nossos dias serão curtos como um piscar de olhos. A vida passará rápido, sim. Mas, concluiremos que vivemos de fato, e não somente sobrevivemos. Precisamos gastar nossos dias obrando coisas que façam sentido para alguém. Especialmente para nós mesmos.

O garoto sorriu:

— Nunca imaginei que pessoas adultas se ocupassem pensando esse tipo de coisa! Mas minha mãe falou que o senhor é um velho sábio... Deve saber o que fala.

— Meu jovem amigo, anos vividos a ninguém transformam em sábio, e a sabedoria não é medida de felicidade. Ninguém tudo sabe ou se encontra sempre certo – e Joshua pausou. – Isso me lembra do tempo em que eu era jovem, com sua idade, e adorava uma música. Ela falava sobre um céu nublado e com trovões, e que isso deveria significar chuva. Porém, nem tudo se confirmava, e, mesmo homens sábios, podiam agir como tolos...

O garoto retrucou:

— É. O senhor tá triste sim...

Joshua meneou a cabeça e se inclinou na direção do garoto:

— Não é verdade! Somente sei que a vida é um mistério, e que devemos constantemente nos reavaliarmos. Não olhemos para trás buscando ver onde erramos, mas, lembremo-nos o que aprendemos com isso. E, principalmente, se dali em diante acertamos, não cometendo os mesmos erros.

— O senhor deveria parar de pensar nessas coisas doidas e aproveitar seu aniversário! Minha mãe fez um super bolo de chocolate para o senhor...

Joshua se recostou na cadeira, mantendo o contato ocular com o garoto:

— O aniversário é um momento mágico, pois traz em seu alforje a empírica sensação do passar do tempo, e isso acaba nos entregando a certeza da finitude e fugacidade orgânica de nossa passagem por este mundo...

— Falei que o senhor tava triste!

Joshua abriu os braços:

— Meu jovem amigo, não há de ser nada. Não temo o tempo, pois, intimamente, creio que faço com minha vida tudo aquilo que deveria e poderia. Minha consciência se encontra livre. E uma verdade lhe digo: em meus dias, atualmente, não me falta nem sobra tempo, pois ele se transformou na medida do eu mesmo.

Pontuação da vida

O peregrino Joshua, já há alguns dias, deixara para trás Campos Dourados, e não possuía certeza do quão perto ou longe se encontrava do próximo vilarejo. Descansava do tórrido sol do meio dia na sombra de uma grande figueira, no topo de uma colina, de onde avistava todo o vale, cortado por um rio serpenteando por entre as árvores.

Baixou os olhos e abriu seu alforje, pegou o cantil e tomou um gole de água, guardando-o logo a seguir. No mesmo movimento, agarrou um livro, para continuar a leitura e, quando o abriu, do meio de suas páginas, inesperadamente, caiu um manuscrito que pousou sobre suas pernas. Era algo que há muito escrevera, e passou a lê-lo:

Quem conhece o que será do amanhã?
Alguns acham que sabem.
Outros acreditam que não sabem.
Há quem ache que não, mas sabe sim.
E há ainda os que conhecem nada,
E acreditam em tudo.
Em nossa vida, muitas vezes, o próximo dia,
Os próximos meses ou anos,
Dependem de como os pontuamos:
Se com um ponto ou uma vírgula.

Podemos colocar vírgulas em tudo:
Nos problemas, desgostos, discussões,
Desentendimentos, equívocos...
E, como toda vírgula que se comporte direitinho,
Ela não encerra nada:
Tudo continua vivo e latente,
Pois todo o virgulado permanece integrando
O contexto frasal de nossa vida.
E, cedo ou tarde, voltará, pois não encerrou.
Assim como os elementos sintáticos precisam de complementação,
Nossas vidas e ideias virguladas, também.
Mas podemos colocar pontos: problema, ponto.
Dificuldade: ponto. Desentendimentos: ponto.
Ou seja: resolvemos o assunto. Não voltará.
Quase esqueço: há, também, o ponto e vírgula,
Aquela pausa lenta, prolongada,
Que muito bem poderia ser um ponto,
Mas não é!
É a pontuação hesitante, pois sabemos que virgular não dá,
E colocarmos um ponto é trabalhoso demais.
Entrega a sensação de 'resolvo amanhã'.
Penso que o melhor seria remover as vírgulas
E ponto e vírgulas de nossas frases.
Abandonar o deixar para amanhã, o enrolar.
Colocarmos pontos finais nas frases de nossa história!
Parece fácil.
Mas, não é, e não sei porquê. Não sei se vocês sabem.

Talvez seja a natureza humana,
Ou, então, o mau hábito de escritores amadores, quem sabe?
No final, penso que cada um sabe de suas frases...
Quem conhece o que será do amanhã, afinal?

Joshua refletiu por minutos antes de recolocar o papel no meio das folhas do livro, e concluiu que, definitivamente, agora, mais velho, sabia que, muitas vezes, uma virgulazinha caía muito bem. Porém, também sabia que todos precisavam ter coragem de usar mais pontos, resolver melhor as coisas, e fechou o livro, repensando o que andava fazendo com as frases de sua vida.

Amizade

O dia excessivamente quente e carrancudo encerrou com forte vento e chuva no vilarejo dos Laranjais. O peregrino Joshua buscou abrigo sob o telhado de uma vendinha, e se encontrava mais pensativo do que o normal naquela tardinha. Perceber a pesada atmosfera e a natureza rugindo com seus trovões, ocasionou-lhe relembrar Atlas suportando o peso do firmamento sobre seus ombros. E não sabia por que lhe ocorrera tal associação, mas, em seu íntimo, sentia que algo havia de estranho, e não era somente o clima. Instantaneamente, uma imagem do passado relampejou em sua mente, um antigo amigo há muito perdido, no mesmo momento em que uma senhora, que também se abrigava da intempérie, inesperadamente, falou:

— Como saber quem realmente é nosso amigo?

Aquela pergunta pegou Joshua de surpresa, que se virou para a senhora:

— Sabe que eu pensava exatamente sobre isso? Durante o passar dos anos, muito refleti sobre a amizade, e ainda não aprendi o quanto dela deveria.

A senhora encarou Joshua:

— E por que o senhor diz isso?

— Em minhas andanças por este mundo, interajo com muitas pessoas, conquisto novos amigos e, às vezes, mesmo sem querer, acabo criando inimigos. No final, sempre me pergunto: o que, realmente, é a amizade? E qual o seu alcance?

— É. Poucos sabem dizer...

Joshua se aproximou da senhora:

— O que eu aprendi é que, não raramente, equivocamo-nos ao julgarmos atitudes de verdadeiros amigos que conquistamos. E isso acontece por não compreendermos, completamente, seus gestos e opiniões, ou por os desacreditarmos como legítimos.

A senhora cerrou os olhos:

— Como assim?

Joshua manteve contato ocular:

— Hoje sei que, conosco, o verdadeiro amigo nem sempre concorda, e, sim, auxilia a melhor compreendermos o que de fato acontece. Não apoia incondicionalmente a todos os nossos atos: critica, para que encontremos melhores alternativas. Quando erramos, não nos afaga: aponta o equívoco, e ajuda a superá-lo. Muitas vezes, distanciamo-nos de amigos de verdade, pois não lidamos bem com o apontamento de nossas franquezas, erros, limitações e imperfeições. – A senhora descerrou os olhos, e Joshua prosseguiu: – E é por isso que, não raramente, tarjamos os bons amigos de vilões.

A senhora se recostou na parede da vendinha para fugir das gotas de chuva, e, sem quebrar contato ocular com Joshua, falou:

— Mas o que ela aprontou, para mim, não é coisa que uma amiga deva fazer...

Joshua abriu os braços:

— Devemos, sempre, refletir calma e tranquilamente sobre os acontecimentos em nossas vidas; pedir, ao travesseiro, conselhos sobre os assuntos. Precisamos olhar além das traves em nossos olhos, tanto as por nós mesmos criadas, quanto às erigidas pela má influência de outras pessoas. Quando alcancei tal façanha, invariavelmente, concluí que o bom amigo acertava, e que, com seus apontamentos, buscava o meu bem. Por isso, e somente agora compreendo, devemos nos desarmar ao avaliarmos as palavras de alguém próximo, destinando-lhe confiança. O nosso consciente deve ser otimista, mesmo que nosso inconsciente tenda ao pessimismo, o que é próprio de todos os humanos. Precisamos acreditar que o bom amigo almeja nossa felicidade e bem-estar.

— É, o senhor tem razão. Pensando assim, nem parece tão ruim o que ela me falou...

Joshua também se recostou na parede da vendinha:

— Minha senhora, dispa-se das armas defensivas e da agressividade, pois o amigo sincero se expõe ao apontar nossos defeitos e erros. De nossa parte, uma resposta violenta e agressiva pode criar uma chaga difícil e dolorosa de curar – e a imagem do outrora amigo voltou à mente de Joshua. A emoção era inevitável, e lágrimas brincaram com seus olhos.

A senhora inquiriu:

— O senhor está bem, meu amigo?

Joshua enxugou as lágrimas com a mão, olhando nos olhos da senhora:

— Em meus pensamentos, durante a caminhada da minha vida, nem sempre reinaram a racionalidade e clareza de raciocínio, e cometi muitos erros. Porém, minha verdade eu aprendi: não devemos perder os amigos que conquistamos, mas, sim, cultivá-los, além de, sempre, criar mos novos.

Racismo

Passava do meio-dia nos Laranjais, e o peregrino Joshua descansava sentado à sombra de bela figueira no centrinho do vilarejo. O calor do verão permanecia firme na região, e Joshua observava um garoto de bermudas e chinelos, gritando:

—... Geladinho do Zé! Limão, uva, maracujá! É agora! Refrescooooo!

Do outro lado da rua, atrás da figura do garoto, viu uma senhora corpulenta limpando a mesa da vendinha, enquanto ouvia o zum-zum do debate ardoroso entre os dois homens que jogavam damas, perto de si. Joshua se encontrava distante em seus pensamentos, viajando por seus tempos de garoto. Finalmente, um dos homens perguntou-lhe, rindo, o que trouxe Joshua de volta à realidade:

— O senhor também não acha que esse pessoal de cor deveria ser mandado de volta para o país de origem deles?

O cérebro de Joshua levou alguns momentos para compreender a totalidade da pergunta, e se virou para os homens, olhando-os nos olhos:

— Se não se importarem que eu pergunte, que país seria esse?

Os homens se entreolharam, e um deles deu de ombros, respondendo:

— Ora... O senhor sabe.

Joshua se levantou e se aproximou dos homens:

— Não exatamente. Os amigos, talvez, referem-se um continente distante. Mas, também poderiam falar deste país em que agora estamos... Pois, quem são os verdadeiros alienígenas? Um povo outrora escravizado e obrigado a permanecer em países distantes, ou aqueles que os trouxeram, contra a vontade, para explorarem a terra?

Os dois homens nada responderam, e Joshua prosseguiu, mantendo o contato ocular:

— E vou além: de quem é o mundo? Algum dos amigos saberia responder?

Um deles brincou:

— Dos banqueiros...

Joshua não sorriu:

— Até onde eu sei, ele pertence aos homens: brancos, pretos, amarelos... Somos, todos iguais. E se ao amigo incomoda a tonalidade da pele desse 'pessoal de cor', como se referiu, então, deveria se indagar: o que neles me assusta? No que me sinto inferior?

O outro homem gargalhou:

— Aí, sim! Não me falta mais nada!

Joshua olhou firme para o homem:

— Para mim, meu amigo, e essa é uma opinião pessoal, o racismo não é nada além do seguinte: um enorme sentimento de inferioridade. Os senhores, por acaso, temem ou combatem aquilo que lhes é desimportante ou inofensivo? – e Joshua silenciou por momentos. – Observem que o pré-julgamento e o preconceito são limitações do próprio observador, que não consegue enxergar além daquilo que seus olhos veem.

Pergunto-lhes: no que a cor dos cabelos, por exemplo, nos torna melhor ou pior? Ou mais ou menos humanos? Ou mais ou menos merecedores de respeito?

Um dos homens coçou a cabeça:

— Pensando por esse lado, é verdade mesmo...

Joshua abriu os braços:

— Cuidado com o pré-julgamento: ele, muitas vezes, descortina a projeção de nossos próprios defeitos sobre a pessoa por nós julgada, o que nos expõe sobremaneira. Sem contar que, muitas vezes, o preconceito e o racismo conduzem a confrontos...

O homem tentou desconversar:

— Não é para tanto! O senhor precisa compreender que... Enfim...

Joshua concluiu:

— Meus amigos, cuidado: ninguém, nesse nosso mundo, gosta de ser inferiorizado ou posto de lado na sociedade, ainda mais sem motivo algum.

Após dizer isso, Joshua se despediu dos homens, que prosseguiram seu jogo de damas em absoluto silêncio, e rumou ao encontro do garoto vendendo refrescos, porém, antes, concluiu:

— Minha verdade lhes digo: julgar um ser humano por sua aparência? Mal comparando, isso é o mesmo erro que avaliar um refresco pelo copo em que o servem.

Maldade

O peregrino Joshua, sentado à mesa de jantar da pensão no vilarejo dos Laranjais, refletia que o verão seguia extremamente quente e, naquela noite, sequer uma brisa soprava, para aliviar, ao menos um pouco, o mormaço. Percebeu que os ânimos, dos presentes no jantar da pensão, também se encontravam quentes, exaltados, comentando uma ocorrência que tivera oportunidade durante a tarde, no vilarejo.

Uma mulher apontou:

—...Aquele garoto é, sim, muito mau. Nasceu desse jeito.

Ao que o homem sentado ao lado de Joshua ponderou:

— Nesses casos, só o que pode ser feito é dar uma coça. Ou atirar na cadeia e jogar a chave fora!

Um terceiro interlocutor gritou:

— Pena de morte! Esse país precisa de pena de morte!

E a dona da pensão, olhando para Joshua, inquiriu:

— E o que o senhor pensa disso, peregrino?

Joshua largou os talheres sobre o prato e limpou a boca com um guardanapo, olhando para todos na mesa:

— Primeiramente, penso que calmos ânimos avaliam melhor os fatos. Normalmente, a precipitação em julgar e condenar alguém falha em sopesar aspectos circunstanciais importantes, conduzindo a conclusões desumanas e injustas.

Um homem retrucou:

— Desumano? Ele sim, sequer é humano! É o filho do capeta, isso sim! Não é como nós, pessoas de bem!

Várias das pessoas presentes à mesa de jantar concordaram com a afirmação, e Joshua se recostou na cadeira, abrindo os braços:

— Meus amigos, deixem-me lhes falar algo sobre a intrínseca maldade. Sempre que penso sobre esse tema, vem-me à mente um ensinamento de Kahlil Gibran, que diz o seguinte:

> *... Da mesma maneira que o santo e o justo não podem se elevar acima do que há de mais elevado em vós, assim o perverso e o fraco não podem descer abaixo do que há de mais baixo em vós. E da mesma forma que nenhuma folha amarelece senão com o silencioso assentimento da árvore inteira, assim o malfeitor não pode agir mal sem o consentimento de todos vós.*

Assim que Joshua terminou de falar, uma mulher apontou:

— Ora essa! Mas nós não saímos por aí roubando ou matando pessoas!

Joshua olhou nos olhos da mulher:

— Minha amiga, o que Gibran intencionou dizer foi que, em nosso mundo, os acontecimentos não são isolados. Somos, todos, conectados. O meio em que nos encontramos engajados nos influencia, assim como, também, o influenciamos. Nesse nosso mundo, nada se cria: tudo se transforma ou copia. E é por isso que não devemos nos apressar em condenar, pois, o castigo puro e simples não leva a lugar algum. Precisamos, para bem compreendermos e modificarmos o mal, rever os exemplos que passamos, positivamente modificando nosso ambiente e ensinamentos. E, garanto-lhes: desaparecerá boa parte da maldade.

A mesma mulher prosseguiu, bradando e olhando a esmo para as pessoas sentadas à mesa:

— Fácil falar. Nada substitui uma boa coça! Não é mesmo?

Joshua abriu os braços:

— Meus amigos, não há dúvida, uma sanção corretamente aplicada surte bom efeito. Porém, é preferível entender o que há de errado com o próximo, e lhe demonstrar o caminho certo a seguir. A maldade não é personificada, pois, por si só, ela inexiste. Péssimos exemplos e falta de comunicação, esses, sim, dão oportunidade ao mau discernimento sobre o certo e o errado – e Joshua pausou por momentos, silêncio reinando na mesa de jantar. Concluiu:

— E é por isso, meus amigos, que lhes digo: em relação ao próximo, entendam o que acontece, e lhe demonstrem o bem e o caminho correto a seguir, e, garanto-lhes, viveremos num mundo bem melhor.

Gordinho e se sentindo bem

O peregrino Joshua acordou molhado de suor naquele dia, e se aproximou do ventilador no pequeno quarto da pensão para ver se estava funcionando, percebendo que ele circulava um ar tão quente que chegou a pensar que era uma estufa. Isso o fez ponderar, para si mesmo, que era hora de deixar o Vilarejo dos Laranjais, buscando paragens mais frescas.

Durante o dia, o sol brilhou sem qualquer nuvem para filtrá-lo, oportunizando a Joshua imaginar que exatamente assim deveria ser um dia em Mercúrio, e gargalhou, pois não sabia de onde tirara aquela ideia. Mesmo à tardinha, quando sentado num dos bancos da praça, o calor não dava trégua. Sem qualquer vento, o ar se encontrava espesso, quente e pegajoso. Aguardava a entrada da noite na esperança de algum frescor, quando robusto homem, advindo da farmácia, aproximou-se e falou, sentando ao lado de Joshua:

— O senhor acredita? Subi numa balança, agorinha, e ela marcou 119 quilos. E pensei comigo: emagreci! – e o homem meneava a cabeça, arregalando os olhos: – Meu Deus! Quando alguém sobe numa balança, pesa isso tudo, e ainda se alegra por emagrecer, algo vai mal. O senhor não acha?

Joshua deu de ombros, abrindo os braços e olhando para o homem:

— Na verdade, não!

O homem bateu a mão no joelho:

– Ah, ah! Fácil falar, pois o senhor é magrinho. O gordo e feio sou eu!

Joshua olhou, firme, nos olhos do homem:

— Meu amigo, não diga isso. Quem falou que ser gordo é feio? E por que devemos ser magros? Afora a obesidade excessiva, que, sim, causa problemas ao organismo, e, por isso, deva ser evitada, ser gordo ou magro é uma escolha estética pessoal. O mais importante, independente do que lhe diga o espelho dos outros, é ser saudável e, consigo mesmo, sentir-se bem.

O homem aquiesceu acenando a cabeça:

— Gostei muito dessa noção.

Joshua se ajeitou no banco:

— Atente ao reflexo do seu próprio espelho, do que os seus olhos lhe dizem. Há pessoas que perdem peso, malham, declaram guerra contra as frituras, separam-se das sobremesas, e isso tudo por buscarem a aceitação de um grupo, ou ouvirem elogios. Mas, isso é o mais importante? – e Joshua pausou por alguns momentos. – Saúde, sim. Gostarmos do que vemos no nosso espelho, sim. Comermos com parcimônia o que nos traz prazer, sim!

O homem gesticulava, de braços abertos:

— Mas com quinze quilos a menos, acho-me lindo! Mulheres prestam mais atenção em mim. Porém, com dez a mais, sou eu mesmo, sem brigas com a balança ou sentimento de culpa. Mesmo com quilos a mais, sinto-me leve...

Joshua colocou a mão no ombro do homem:

— Devemos buscar por nosso peso alegre. Procurarmos nosso peso do bom humor aliado à boa saúde. Esqueçamos as convenções estéticas sociais. Não há nada de errado em ser gordinho. Ruim é ser desleal, carrancudo, mal humorado, esnobe...

O homem sorriu para Joshua:

— O senhor tem toda razão! Muito obrigado, meu amigo!

Joshua aquiesceu com aceno de cabeça:

— Meu bom homem, a maior verdade lhe digo: seja feliz; esqueça os espelhos dos outros. E, o mais importante: consigo mesmo, sinta-se bem.

O QUE SÃO AS MULHERES?

O peregrino Joshua acordou bem cedo, pois, naquele dia, retomaria sua peregrinação, deixando para trás o vilarejo dos Laranjais e levando seu conhecimento a outras paragens.

Na saída do povoado, encontrou um grupo de homens, de várias idades, que se preparava para iniciar o dia de árduo trabalho, e debatiam, acaloradamente, sobre as mulheres. Aproximando-se, Joshua perguntou:

— O que são as mulheres?

Um garotinho, que certamente acompanharia o pai ao trabalho, gritou:

— Amor e carinho!

Já o adolescente balbuciou:

— Deusas...

Um jovem adulto respondeu:

— Foco de desejo.

Um adulto meneava a cabeça, retrucando:

— Vocês não entendem nada... Elas são mães, isso sim!

Do fundo do grupo, um senhor rebateu:

— Companheiras!

Um velho senhor, que se encontrava sentado defronte uma casinha, perto do grupo, com sua voz cansada, apontou:

— Amigas.

Então, um jovem inquiriu:

— E para você, peregrino, o que são as mulheres?

Joshua fechou os olhos, recordando memórias de sua amada esposa, há muito perdida, e respondeu:

— Para mim, elas são a razão de existência desse mundo...

Os homens aquiesceram com acenos de cabeça e, ao já quente sol do amanhecer, Joshua se despediu de todos, retomando sua peregrinação. Súbito, parou, e, virando-se para o grupo, concluiu:

— Pois, sem elas, nossa vida perde o sentido.

Casamento

No final da tarde, o peregrino Joshua precisou apressar o passo para chegar à pensão do povoado de Mato Alto antes da tormenta iniciar. Ainda assim, chegando ao seu destino, pingos grossos acertaram seus ombros e cabeça.

Quando colocou o pé na varanda, Joshua percebeu um homem em pé, certamente vislumbrando a intempérie, e comentou:

— Essa foi por pouco!

O homem, sem mover a cabeça ou olhos, respondeu, quase em sussurro:

— Percebi...

Joshua limpou gotas de água das vestes:

— O amigo parece bastante preocupado. Gostaria de conversar um pouco?

O homem, com uma expressão carrancuda, olhou para Joshua:

— Passo por problemas conjugais, só isso.

Joshua firmou contato ocular, meneando a cabeça:

— Casamento... É complicado assunto mesmo para se falar a respeito.

O homem aquiesceu:

— É verdade. Não sei o que fazer. Ela diz que sou ciumento, que a sufoco. Chegou a falar em separação...

Joshua se aproximou do homem:

— Entendo... Os relacionamentos são complicados. Muitos casais não compreendem que casamento não é duas pessoas vislumbrarem o futuro através dos olhos de uma só, mas, sim, olharem, juntas, para um mesmo lugar. Além disso, casamento não deve implicar na extinção da individualidade, pois, todos necessitamos de espaço próprio.

O homem deu um passo para perto da parede, certamente fugindo dos pingos de chuva:

— Hum...Percebo o que quer dizer.

Joshua também se moveu para perto da parede:

— No momento em que um tolhe o lugar do outro, a união rui. Portanto, observe sua companheira; respeite sua individualidade, e almeje uma harmoniosa vida conjunta. Porém, cada um andando com suas próprias pernas e conquistando seus caminhos.

O homem cruzou os braços:

— Mas tento dar tudo o que ela precisa! O que mais ela pode querer?

Joshua olhou o homem nos olhos:

— Meu amigo, conheça quem dorme ao seu lado. Saiba de suas necessidades, anseios e vontades. Doe-se, e pratique tolerância. Sem comunhão de vontades, não há prosperidade. Quem pretende uma vida em casal, precisa a prender a compreender e relevar.

O homem descruzou os braços:

— Mas ela é geniosa. Cheia de manias. Não há como aguentar tudo. Acho que separar, talvez, seja o melhor...

Joshua colocou sua mão no ombro do homem:

— Deixe-me lhe contar algo. Quando penso sobre relações interpessoais, sempre recordo de uma história que certa vez ouvi. Era mais ou menos assim: uma moça casou, e, após um ano, a sogra foi morar com o casal. A moça, querendo se livrar da inimiga, procurou a ajuda de um sábio, que lhe deu poderoso veneno, para, diariamente e ao longo de um ano, ministrar na comida da sogra. Porém, para que funcionasse, durante esse tempo, a moça deveria tratá-la bem, como se fosse sua melhor amiga. Após meio ano, a moça, apavorada, retornou ao sábio, dizendo que não mais desejava a morte da sogra, pois, agora, amava-a como sua própria mãe! O sábio, então, explicou que o veneno nada mais era do que água de sua fonte, e que a vida de sua sogra e amiga não corria risco algum.

O homem desmanchou a carranca, e Joshua concluiu:

— Essa história ensina que os problemas de relacionamento sempre são causados por ambas as pessoas; não isoladamente por uma. Mude suas atitudes e, certamente, as coisas melhorarão – e Joshua olhou para o céu, percebendo que a tormenta passara. – Vamos dar uma volta e respirar um pouco de ar puro. Aposto que encontraremos, no centrinho do vilarejo, um belo presente para sua esposa.

O homem sorriu:

— Claro, ótima ideia!

Assim que desceram da varanda, Joshua parou e olhou para o homem:

— Meu amigo: nesse mundo, aquele que vive em paz em casal pode se considerar uma pessoa feliz. No entanto, abençoados os que, além de uma esposa, também, para toda a vida, conseguem conquistar uma grande amiga.

Longe e perto

O barulho da chuva torrencial, batendo contra a persiana do quarto da pensão em Mato Alto, acordou o peregrino Joshua no meio da madrugada, que pensou que aquilo era mesmo esperado após os dias de escaldante calor que assolaram a região. Levantou-se, acendeu uma vela e se dirigiu à cozinha para beber um copo de água, onde encontrou um jovem adulto sentado sozinho à mesa, e intuiu que ele não se encontrava ali por causa de sede:

— Boa noite, meu amigo. Tudo bem?

O jovem se virou para Joshua:

— Noite... Tranquilo, somente pensando na vida...

Joshua se aproximou da mesa:

— Em minha juventude, muitas noites de sono perdi por conta de pensamentos.

— Nem me fale... Nessas minhas andanças pelo mundo, passo meses sem voltar para minha cidade natal. Há tempo não vejo meus pais, sequer consigo lembrar seus rostos – e o jovem silenciou por momentos. – Sou um filho relapso, pois deveria ser mais presente, e acredito que estou pagando por esse distanciamento...

Joshua puxou uma cadeira e se sentou à mesa:

— Meu amigo, tranquilize-se. Essa distância é muito menor do que imagina. É bem verdade que, fisicamente, podemos estar longe de alguém. Porém, se conosco carregamos o que de bom essa pessoa nos ensinou, ou mesmo se, dela portamos boas lembranças e sentimentos, constantemente perceberemos sua presença.

O jovem se ajeitou na cadeira:

— Gostei dessa noção... Continue, por favor.

Joshua colocou a mão sobre a mesa:

— Na verdade, sempre compreendi esse nosso invólucro terreno como instrumento de interações. No entanto, dispensável para o estabelecimento de um forte e duradouro elo entre duas pessoas. O amigo, certamente, já ouviu falar sobre o filósofo grego Platão, que defendeu algo parecido ao teorizar o amor. – Joshua pausou por momentos, mas, como o jovem sequer piscava e nada falou, prosseguiu:

— Ensinou que, entre as almas, guardam muito mais afinidade o bem-querer, a bem-aventurança, o seguir ensinamentos, do que a presença e o contato puramente físicos. Assim, se o amigo perpetua e é digno dos bons ensinamentos de seus pais, deles se encontra tão perto quanto possível, pois, daquilo que, realmente, acreditamos e propagamos, jamais nos encontramos afastados.

— Nunca havia pensado nesse sentido... Cá comigo, imaginei que não mais conseguir ver claramente o rosto de meus pais, na memória, era algum tipo de castigo divino...

Joshua abriu os braços:

— Meu amigo, uma verdade compartilho: comigo, isso também já aconteceu, e muito me assustou na época. Então, eu relembrei quem eram os meus pais, encaixando-os num contexto maior, de como conduziam suas vidas: fazendo-me um carinho, auxiliando alguma pessoa necessitada, ensinando-me algo novo, e, mesmo me chamando a atenção... Foi quando, uma vez mais, os vi perfeitamente, e compreendi que a verdadeira imagem de meus pais era o que eles, para mim, representavam, e, não, simplesmente, sua aparência orgânica. – E Joshua olhou nos olhos do jovem: – Tente vê-los novamente; estou certo que conseguirá.

Após alguns momentos, o jovem abriu largo sorriso, e aquiesceu com leve aceno de cabeça.

Amor

O outono chegara à região, e o fim de tarde quente e com agradável brisa soprando, povoou as ruas do vilarejo de Mato Alto com sorrisos e conversas nas mesas dos bares. Vendo aquilo, sentado num dos bancos da praça, os pensamentos do peregrino Joshua voaram longe, para os tempos de sua adolescência, onde, em domingos ensolarados, em mesinhas como aquelas, paquerava garotas com seus amigos... Bons tempos, disso não havia qualquer dúvida. Súbito, ouviu bem próxima uma voz feminina, e que o trouxe de volta à realidade presente, mas, ainda, com o gostinho do passado brincando em seus pensamentos.

Imediatamente, viu uma adolescente que sentou ao seu lado no banco, olhando-o diretamente nos olhos, acompanhada de várias outras, que se mantiveram em pé:

— O senhor é o peregrino, certo? E o senhor sabe definir o amor? Sabe? Eu e minhas amigas conversávamos sobre isso, e não conseguimos chegar a qualquer consenso...

Joshua se ajeitou no banco:

— Cada uma de vocês sente e experimenta o amor de modo íntimo e particular, e, por isso, é difícil chegarem a um consenso sobre ele. – E olhou para as outras garotas: – O amor habita nosso espírito, forjando a maneira como percebemos esse mundo...

Em pé, uma das adolescentes sorriu acanhada:

— Não é para tanto... – E algumas outras também sorriram.

Joshua olhou para elas:

— Será mesmo? Pensem comigo: vocês nunca perceberam o quão mais coloridas e belas lhes parecem as flores da primavera quando se encontram apaixonadas? Ou, a doçura dos perfumes, o quanto ainda mais agradável se torna? Mesmo o feio passa a ter graça; a dor ameniza; os problemas se tornam mais leves.

Um adolescente suspirou:

— Isso é verdade!

Joshua bateu, de leve, a mão em seu joelho:

— Minhas queridas, eis o amor! É a mãe que cuida do filho; a professora que ensina o aluno; a caridade, o cuidado, o bem-querer, o acreditar em Deus... O amor reside nisso e em muito mais. Ele é a chave de todas as portas; é a escada para se vencer alturas; e, para os males, é o melhor remédio. E o principal: todos nós, a cada dia, o portamos em nossos corações.

Uma adolescente de cabelos loiros falou:

— É... Mas o amor dói, às vezes, e deixa a gente triste.

Joshua olhou-a nos olhos:

— Disso, não possuo dúvidas, pois, sendo ele a força motriz do nosso viver, carrega desilusões, medos, desencontros em sua garupa, assim como a vida em si. Mas, mesmo em momentos assim, precisamos fomentar o carinho, estendermos as mãos, cuidarmos de um enfermo, permitirmo-nos amar ao próximo, doarmo-nos... E, certamente, a felicidade nos reencontrará.

A adolescente sentada ao seu lado reiterou:

— Tá... Mas e o que é o amor?

Joshua abriu os braços, olhando para as moças:

— Minhas queridas, eis o que posso dizer: abram seus corações ao bem e à amizade, posto que são os caminhos do amor. Observem a natureza, sentindo a energia que ela destina aos homens, e distribuam a paz, que, certamente, encontrarão o amor. Atentem para seu namorado, e percebam a vida que, juntos, começam a construir; destinem-lhes uma palavra de carinho, e, em seus olhos, acharão a definição que procuram. – Joshua silenciou por momentos e, como nenhuma das moças falasse, concluiu: – E lhes digo o mais interessante: se assim agirem, será dentro de vocês mesmas o lugar onde encontrarão essa resposta que tanto procuram.

Espaços vazios

O peregrino Joshua descansava do sol do meio dia sentado à sombra de uma figueira, a meio caminho entre os povoados de Mato Alto e Riacho Bonito. Enquanto observava os campos amarelecidos, um vento quente brincava com seus cabelos, e ocorreu-lhe que o clima ainda parecia de verão, apesar de a região já se encontrar mergulhada em pleno outono. Era-lhe inevitável a conscientização do crescente descompasso das estações com o passar dos anos, e refletiu que, provavelmente, essa era a maneira de a natureza indicar, aos homens, que deveriam mudar o modo de tratá-la.

Baixou os olhos na direção de seu alforje e pegou um livro: prosseguiria na leitura enquanto descansava. Recostou as costas no tronco da figueira e, ao abrir o livro, uma folha de papel caiu do meio das páginas, em seu colo. Pegou-a; era uma anotação que há muito não via, e leu aquelas palavras, relembrando o dia em que as escrevera:

Quilômetros e quilômetros.
Mundo, mares, terra. Nosso mundo.
Nosso?
Calo como o vento, mas me movimento.
Voo como as aves, furo nuvens.
Possuo asas?
Só no pensamento.

Falo feito abelhas zunindo.
Grito, como estruturas de aço.
Escuto, como as montanhas, calado.
Choro, por causas impensáveis.
Sofro, a cada morte inocente.
Sobrevivo, como um tigre enjaulado.
Sorrio. Sim, sorrio.
Lamento, paro, penso.
Existo, portanto. Mas aos olhos de quem?
E para que uso os espelhos?
Deveriam refletir minh´alma.
Mas refletem somente luz.
Sim! Interior, exterior.
Por dentro e por fora?
Só por fora.
Quilômetros e quilômetros andei, peregrino no deserto.
Oásis encontrei, dunas escalei.
E, como o sol, já em paixão ardi.
E, um dia, o amor me encontrou.
Do filho, pelo filho; dos pais, pelos pais; amigos; amantes...
Quilômetros e quilômetros caminhei até aqui.
Cheguei ao meu destino?
Duvido,
Pois, no final, sempre me pergunto:
Quem sou eu?
Sobrevivo ou realmente vivo?
Sou um homem ou somente um espectro num espelho?

Aquelas reflexões remeteram Joshua a uma vida há muito perdida, e lágrimas rolaram de seus olhos. Guardou novamente a folha no meio das páginas do livro e, ajeitando-o no alforje, levantou-se e retomou a caminhada.

Precisava de contato humano, pois suportar sozinho a dor daquelas lembranças era tarefa por demais terrível.

O que é o coelho da Páscoa?

Naquela manhã de domingo de Páscoa, quando acordou na pensão do vilarejo de Riacho Bonito, o peregrino Joshua viu um belo ovo de chocolate depositado ao lado de sua cama. Pensou que ele parecia muito apetitoso, e que aquilo, definitivamente, era obra do senhor coelho, que viera enquanto dormia. Sorriu de seus pensamentos e, pegando o ovo de chocolate nas mãos, perguntou a si mesmo, baixinho:

— O que é o coelho da Páscoa?

Após entabular aquela pergunta, apercebeu-se que já a respondera inúmeras vezes em sua vida, e relembrou:

'É ele quem traz os ovinhos de chocolate!', respondera quando garotinho, procurando o ninho de páscoa que sua mãe, há muito levada por Caronte, escondera pela casa. Ainda hoje conseguia sentir, saudoso, os aromas do almoço que ela sempre preparava para aquela data festiva.

'Coelho da Páscoa não existe', fora sua frase, quando adolescente, a um primo com oito ou nove anos na época, apresentando-lhe o mundo adulto.

'Coelho? Que coelho?', resposta com vinte e poucos anos, esquecido do mundo de fantasia, quando lhe perguntaram quais presentes o coelho lhe trouxera.

'Preciso comprar talco para fazer as pegadas do coelhinho', dissera para sua amada esposa, seus dois filhos ainda pequenos, um ano antes do terrível acidente.

‘Minha querida, o coelho, certamente, existe. Porém, ele somente vem quando dormimos’, disse para uma jovem garota, em uma pensão pela qual passara, alguns anos atrás.

E, naquela manhã, olhando para o ovo de chocolate em suas mãos, a resposta que lhe veio à mente foi que o coelho da Páscoa era um dos companheiros de alegria e imaginação que sempre o acompanhara, residindo dentro de si mesmo. Era um amigo, que, durante sua vida, só entregara bons sentimentos e felicidade, e que nada daria mais prazer a Joshua do que, finalmente, conhecê-lo.

— Quem sabe, algum dia...

Escuridão

O peregrino Joshua deixara para trás o vilarejo de Riacho Bonito já há alguns dias, e rumara na direção das montanhas da região. Caminhando por acidentada e estreita estrada, encontrou, incrustrado naquelas escarpas, um povoado com meia dúzia de casas, o qual, certamente, não contava com mais de uma centena de moradores.

O vilarejo se chamava Última Instância e, por sorte, conseguiu o sótão de uma velha casa para passar a noite, o qual dividiria com outra pessoa, um forasteiro também.

Joshua adentrou o pequeno recinto, que possuía duas camas de palha nas laterais. O forro do telhado passava, diagonalmente, bem próximo a elas, dando certo ar claustrofóbico ao ambiente, disso não havia qualquer dúvida.

Ajeitados em suas camas, e após apagarem as velas, a escuridão se instalou, sem uma centelha de luz em qualquer lugar. Após alguns minutos, Joshua escutou sua companhia de sótão se debater na cama, esbaforido, e, subitamente, às pressas deixar o recinto. Intrigado, resolveu também descer do sótão, e acabou encontrando o homem sentado em uma cadeira na cozinha, com um isqueiro na mão, tentando acendê-lo. Porém, somente a instantânea luminosidade do riscar da pedra iluminava o ambiente, pois, certamente, o apetrecho se encontrava sem fluído. A cada tentativa frustrada, o homem falava baixinho, consigo mesmo:

— Acende, desgraçado! Acende, pelo amor de Deus!

Vendo seu desespero, Joshua se dirigiu à janela, abrindo-a, oportunizando que a difusa luminosidade das estrelas e da lua adentrasse ao ambiente.

O homem saltou na cadeira, e Joshua concluiu que, tamanho deveria ser seu pânico, sequer notara a sua presença no recinto. Viu, então, o homem correr em sua direção e colocar a cabeça para fora da janela, como se buscasse poder respirar novamente. Joshua não interferiu, nem disse palavra. Após alguns momentos, aparentemente mais calmo, o homem falou, seu rosto ainda virado para fora:

— Não sei o que me deu. Repentinamente, parecia que tudo estava errado, e que algo de muito ruim aconteceria... Sei lá... Só pensava em fugir... Em encontrar luz...

Joshua se aproximou da mesa e sentou numa das cadeiras:

— Meu amigo, eu compreendo muito bem pelo que passou, posto que, em minha juventude, várias vezes senti o mesmo. Em nossas vidas, encontramo-nos de tal modo atrelados e acostumados ao nosso quotidiano, que nos é imediatamente perceptível qualquer pequena mudança. E, assim, as grandes transformações quase nos sufocam.

O homem, sem se mover, perguntou:

— Mas... E o que isso tem a ver com a escuridão da noite?

— Assim como o amigo não controla vários dos acontecimentos em sua vida, o mesmo ocorre em relação à escuridão.

E, por isso, sentiu-se impotente frente ao breu noturno, pois, sentia-se incapaz de tomar as rédeas das circunstâncias. No momento em que percebeu o quão à mercê do acaso se encontrava, a sua realidade metafísica ruiu. E, normalmente, é aterrorizador esse sentimento de descontrole frente ao nosso destino.

O homem, iluminado pelo luar através da janela, se virou para Joshua:

— Eu que o diga...

Joshua gesticulou para o homem se sentar junto à mesa:

— Em nossas vidas, montamos um universo particular, no qual supomos possuir absoluto controle sobre as circunstâncias do dia a dia. Porém, para percebermos o quão pequenos e impotentes realmente somos, o quão incerto o nosso destino pode ser, e a extensão em que nos encontramos a sua mercê, às vezes basta um pequeno e isolado acontecimento.

O homem não se moveu de onde se encontrava:

— Se o senhor continuar falando isto, não dormirei est a noite.

Joshua se levantou e foi para próximo do homem:

— Meu amigo, acalme-se. Acontece que essa não é toda a realidade. Nesta vida, não precisamos possuir controle sobre tudo, pois a incerteza é característica intrínseca do amanhã, e o importante é compreendermos que isso não implica estarmos desamparados. – E Joshua colocou a mão no ombro do homem: – Em momentos em que a escuridão parecer lhe sufocar, lembre-se que sempre haverá janelas para serem abertas, basta ter calma e procurá-las. E, então, verá que, lá fora, o mundo permanece tranquilo, despreocupado com o breu da noite, alheio à escuridão que há pouco lhe abraçava.

Indo embora

O peregrino Joshua precisava meditar por um tempo, retirando-se do dia a dia dos vilarejos, pois se encontrava com muitas dúvidas martelando seus pensamentos. Seguiria o caminho que saía do povoado de Última Instância, na direção das montanhas, onde, avisaram-no, não encontraria vivalma.

Após acertar os pernoites, enquanto rumava para pegar a passagem que levava às montanhas, lembranças de sua família, há muito perdida, povoavam sua mente, e ponderou que alguns momentos cruciais da vida chegam de repente, pegando as pessoas de surpresa, despreparadas. Pensou que, talvez, isso acontecesse por serem ingênuas, ou, quem sabe, a vida fosse assim mesmo. Ou seria vontade Divina? Negligência pessoal?! Definitivamente, precisava de um tempo sozinho, para limpar seus pensamentos.

Enquanto caminhava, inesperadamente, um jovem, com quem conversara bastante nos dias em que permanecera no povoado de Última Instância, abordou-o:

— Onde o senhor vai? Não pode nos deixar! Preciso do senhor, pois quero ouvi-lo! O que farei de agora em diante, sem os seus conselhos?

Joshua se aproximou do jovem:

— Meu bom amigo, tranquilize-se. Nessa vida, para muito poucas coisas eu sou resposta. Sou homem, pecador, e tudo o que eu descobri, você também pode alcançar com suas próprias forças.

O jovem meneava a cabeça:

— Não é verdade! O senhor me entende, é importante para mim…

— Não sou mais necessário do que a própria medida que dessa importância você mesmo projeta – e Joshua silenciou por momentos. –Para mim, custa muito caro permanecer no mundo dos homens, e é por isto que, de tempos em tempos, preciso me afastar. Se ficasse aqui, então, rapidamente eu me tornaria dispensável…

O jovem retrucou, retesando sobrancelhas:

— Não para mim.

Joshua abriu os braços:

— Talvez, não para você, mas, sim, na medida de minha própria necessidade de passar adiante o pouco que sei.

— O senhor sabe muito!

— Meu jovem amigo, eu somente encaro de maneira diferente aquilo que nos cerca, e não deposito nos outros aquilo que eu mesmo devo alcançar; de outrem, não espero as respostas que devo encontrar sozinho; e não deixo que me carreguem no colo. Assim, também a ninguém conduzo: o que faço é apontar a direção que, para mim, faz algum sentido.

O jovem sorriu, acenando a cabeça:

— Faz todo sentido para mim também!

Joshua colocou a mão no ombro do jovem:

— Então, comigo você comunga ideias e entendimentos, e, certamente, um dia encontrará o sentido que elas trazem para você mesmo. Não se entristeça com minha partida; neste nosso mundo, tudo é finito, mas, ainda assim, seguimos vivendo. Para as tristezas da alma, excelente remédio é o tempo. Nesta vida, precisamos aprender a abrir mão de muitas coisas, pois não podemos ter tudo. Ademais, não possuo respostas para todas as suas dúvidas. Na verdade, sou povoado por um mundo inteiro de incertezas.

— O senhor vai mesmo embora? Vai me deixar sozinho?

Despedindo-se do jovem, para rumar às montanhas, Joshua falou as seguintes palavras:

— Meu jovem amigo, sim, estou indo embora. Sei, porém, que você nunca mais ficará sozinho, pois prestou atenção em muito do que eu lhe disse. Basta você passar a escutar a si mesmo e, certamente, estará comigo. Sempre.

Palavras de André Luís

A promessa de Caronte

Ao entregar as Crônicas de Joshua ao mundo dos homens, André Luís soprou aos quatro ventos que, no futuro, outros voltariam do atracadouro do barco de Caronte, e que eles portariam mais crônicas do peregrino Joshua.

Quando indagado, André Luís falou que tudo aconteceria quando fosse o momento de acontecer, e não caberia aos homens ditar os temas dos quais tratariam. Afirmou, somente, que Caronte ainda possuía muito o que contar aos homens.